ADOLPHE MAGEN

LA VIGNE

DANS LE BORDELAIS

BORDEAUX

IMPRIMERIE CENTRALE DE Vᵉ LANEFRANQUE ET FILS

RUE PERMENTADE, 23-25.

1868

LA VIGNE

DANS LE BORDELAIS [1]

Par M. Aug. PETIT-LAFITTE, Professeur d'Agriculture du département
de la Gironde.

La culture de la vigne, si longtemps réduite dans notre région aux portions les plus ingrates du sol, a pris depuis quinze ou vingt ans, une extension, je dirai presque un essor considérable. A mesure que celle du blé perdait du terrain, elle en gagnait, et, ce qui n'est pas le fruit ordinaire des révolutions, tous bénéficiaient de ce changement. Mais que de mal pour en arriver là ! Essayer de donner à nos propriétaires ruraux les plus élémentaires notions d'économie agricole, autant prêcher en plein désert ! Le mieux avisé, le plus habile à leurs yeux, c'était celui qui trouvait tout dans sa terre, du blé, du seigle et du maïs pour sa faim, du vin pour sa soif, du lin et du chanvre pour son vêtement. En vain, à la fin d'août, leur récolte mesurée et mise en sac, se sentaient-ils presque aussi pauvres qu'avant; en vain, après la décuvaison, tiraient-ils un gros profit du produit de leur trop petit vignoble; esclaves de vieux errements,

(1) Un volume in-8° de 692 p. — Paris, Rothschild (1868).

ils s'obstinaient à ensemencer leur terre, craignant que le pain ne leur manquât s'ils ne faisaient eux-mêmes leur blé. Enfin quelques-uns, — un petit nombre, — plus intéressés ou plus ouverts au souffle des idées nouvelles, ayant multiplié leurs vignes et par suite vendu plus de vin, achetèrent du blé au lieu d'en produire et trouvèrent le marché avantageux. Cela s'est dit, redit, et naturellement on a fini par le croire en voyant l'aisance s'établir dans leur maison. Aujourd'hui l'impulsion est donnée. Ne faut-il pas que tôt ou tard les saines doctrines fassent leur chemin (1)?

A ce mouvement des esprits, heureusement traduit dans la pratique, a correspondu presque aussitôt, comme un redoublement d'ardeur dans la vaillante armée, des écrivains spéciaux. Citer toutes les publications qui se sont produites sous cette influence, ce serait long et c'est inutile. Chaque province, chaque département, peut-être, a eu son traité propre de viticulture ou d'œnologie. Au-dessus de ce flot de plus en plus grossissant de livres en général estimables, il serait souverainement injuste de ne pas signaler avec honneur les *Rapports* officiels du Dr Guyot. Signaler, ai-je dit, et c'est assez. Qui ne connaît cette série d'études où sont exposés avec une autorité si ferme, une si vive clarté, parfois une si haute éloquence, les pratiques, les procédés, les progrès, même les erreurs de la viticulture française considérée d'abord dans ses détails, département par département, puis de plus haut, région par région, enfin dans l'imposante unité

______

(1) « A quelque chose malheur est bon, » dit le proverbe. L'oïdium, en rendant les vins plus rares, les a aussi rendus plus chers, et la surélévation des prix a été parfois énorme. Dans les pays épargnés par le fléau ou moins maltraités que les autres, il s'est fait, en dix ans, de grosses fortunes. En voyant les pauvres devenir riches et les riches, opulents, bien des gens ont pris la fièvre. Vite, on a planté la vigne. Il faut, quand on parle du développement de la viticulture, ne pas négliger ce fait qui est important.

d'un ensemble incomparable où la quantité, qui est un mérite ailleurs, est d'ordre tout secondaire, où brillent sans conteste au premier rang les qualités les plus diverses et les plus exquises? Quel pays au monde peut montrer les analogues des produits de nos grands crûs, en vins rouges, des *Romanée*, des *Vougeot* et des *Saint-Georges* comme la Côte-d'Or, des *Hermitaqe* comme la Drôme, des *Lafitte*, des *Margaux* et des *Latour* comme la Gironde ; en vins blancs, des *Ay* et des *Sillery* comme la Marne, et, pour clore cette liste glorieuse, des *Bomme*, des *Barsa* et des *Sauterne* merveilleusement représentés par le type sans rival de l'*Yquem* (1)?

Un autre ouvrage vient de paraître, qui, sans embrasser, comme a fait M. Guyot, toutes les régions viticoles de la France, en prend une seule, mais la plus intéressante, et, littéralement, épuise la matière. Il a pour titre : *La Vigne dans le Bordelais*, pour auteur M. Petit-Lafitte, professeur d'Agriculture du département de la Gironde. Le

(1) Je ne résiste pas à l'envie de citer un toast très brillant et très spirituel prononcé en 1848 dans je ne sais plus quel banquet, par M. Hovyn de Tranchère, alors député de la Gironde : « Il n'y a que deux grands vins au » monde, l'un blanc et l'autre rouge : le Sauterne et le Saint-Émilion. Le » Sauterne, c'est l'or potable entrevu par Nicolas Flamel, un rayon de » soleil tiré au fin et mis en bouteille, la quintessence de cette pierre philo-» sophale que les gens du pays désignent, dans leur ignorance, sous le » nom modeste de pierre à fusil. Quand un *illustre beuveur* approche de » ses lèvres le verre sacré où brille et rit le Sauterne, l'arôme, le *fruit*, la » *causette*, le bouquet, tous ces génies du bon vin, se dégagent de la prison » transparente où leurs ailes étaient closes et portent dans la tête les aima-» bles pensées et les mots heureux. Le Saint-Émilion est le vin des âges » héroïques. Brave comme une épée, splendide comme un rayon de soleil, » il semble avoir emprunté à la nature qui l'entoure, aux ruines de ses » coteaux, aux larges horizons de ses plaines, quelque chose de leur sereine » majesté. Avant de s'élancer vers cette tribune dont ils allaient être les » gloires et les victimes, les Guadet, les Vergniaud, les Gensonné, les Bar-» baroux, versèrent sur l'autel de la patrie, comme les orateurs antiques, » la libation sainte avec le Saint-Émilion. Quelque temps après ils revinrent, » mais proscrits, et ce fut encore le Saint-Émilion qui, versé par une main » amie, vint adoucir les tristesses de leur exil et les angoisses de leurs » derniers moments.

titre dit son importance, mais ce qui la garantit, ce qui l'affirme du moins, c'est le patronage officiel du Ministre de l'Agriculture, l'approbation du Conseil général de la Gironde et celle de la Chambre de commerce de Bordeaux. Si le mûrier, selon l'ingénieuse observation de l'auteur, a fait Lyon et l'olivier Marseille, certes la vigne a fait Bordeaux. « C'est son produit, dit-il, qui a décidé l'avenir » de l'humble bourgade fondée par les Bituriges. Pas » une construction, pas un édifice dans son enceinte, qui » n'aient ressenti son influence, qui ne lui doivent leur » élévation et la décoration dont ils sont revêtus ; pas un » navire, dans son port, où il y en a tant, qui n'ait eu pour » but le transport sur tous les points du globe, de la pré- » cieuse denrée, de la denrée essentiellement civilisa- » trice. »

Ainsi parle M. Petit-Lafitte, et l'on pressent à ce lan- gage qu'anime un patriotique enthousiasme, une œuvre entreprise avec amour, « un livre de bonne foi. » Fils reconnaissant de la Gironde, il a donné pour but à sa vie l'accomplissement « d'une grande et noble tâche ; » il n'épargnera rien pour l'atteindre. Nul d'ailleurs n'y pou- vait mieux réussir. Préparé par plus de trente années d'observations personnelles, d'informations prises sur les lieux mêmes, d'expériences soigneusement contrôlées, il a eu l'honneur et le bénéfice des plus précieuses com- munications, si bien qu'il serait autorisé à mettre au rang de ses collaborateurs les premiers viticulteurs du Médoc. A qui d'ailleurs blâmerait sa tentative, il pourrait aussi répondre que le patriarche de l'œnologie, le véné- rable comte Odart, qui connaissait depuis longtemps son projet, l'avait chaudement incité à le poursuivre. Une dernière considération l'a décidé, la voici : La vigne est pour le Bordelais une inépuisable source de fortune et comme un titre de noblesse. Les vieilles méthodes de culture qui ont élevé ses produits au plus haut degré de mérite et de faveur, n'ont pas encore trouvé leur historien. Les exposer, d'une plume fidèle, en donner les motifs et la raison, en démontrer l'incomparable valeur, c'est faire acte de reconnaissance et plus encore d'utilité publique. Des tendances se manifestent, poussant à produire une abondance inconciliable, peut-être, avec la finesse de nos vins; elles deviennent de plus en plus visibles. Sans les condamner de parti pris, c'est le moment ou jamais d'invoquer les traditions et de vulgariser les pratiques à qui, dès les temps les plus lointains, notre pays fut redevable de sa richesse et de sa renommée? — A l'œuvre donc et faisons de notre mieux !

Je ne puis m'empêcher de signaler comme un témoignage des plus significatifs en faveur de ces traditions et de ces pratiques, le parfait accord des opinions que professent, à cet égard, M. le docteur Guyot et M. Petit-Lafitte. « Qui donc serait assez téméraire, dit le premier » de ces écrivains (*Rapports sur la viticulture du Sud-* » *Ouest*, 1863, p. 168), pour compromettre une richesse » acquise et certaine en conseillant des procédés diffé- » rents de ceux qui la créent aujourd'hui. » Plus loin, il ajoute : « J'avais déjà visité les vignobles et les chais de » la Gironde, j'en avais vu les vendanges et les procédés » de vinification, et j'avais rapporté de cette visite des » enseignements tels, qu'ils m'ont conduit, pour la plus » grande part, aux points de vue que j'ai réalisés en » pratique, et que l'expérience, jusqu'à présent, semble » démontrer comme approchant le plus possible de la » perfection. C'est donc en disciple reconnaissant que » j'ai revu la Gironde, non en professeur infatué de lui- » même. » N'est-ce pas le sentiment que je signalais tout à l'heure comme ayant donné à M. Petit-Lafitte l'idée de son livre, comme l'ayant inspiré d'un bout à

l'autre ? « On verra, dit-il (*La Vigne dans le Bordelais,*
» Avant-Propos, p. 7), que le vigneron bordelais, sait
» conformer sa pratique aux prescriptions de toutes ces
» sciences et donner aux opérations diverses de ces pra-
» tiques des motifs qu'il est facile aujourd'hui de recon-
» naître et de démontrer. »

II

L'ouvrage de M. Petit-Lafitte doit, d'après le plan de
l'auteur, se composer de deux volumes. Le premier trai-
tera de la vigne au point de vue historique et dans ses
rapports avec les sciences naturelles. Il paraîtra à une
époque non déterminée. Le second, qui vient d'être
mis en vente, a pour objet spécial la culture. Il est, on
le devine sans peine, d'un intérêt tout immédiat et mérite
la très sérieuse attention des viticulteurs et des œnolo-
gues.

L'établissement du vignoble, les travaux dont la vigne
exige le retour annuel et régulier, la connaissance des
maladies et des accidents qui peuvent l'atteindre, enfin
celle des phénomènes qui signalent la période finale de
sa végétation annuelle, telle est la matière du volume.

Telle en est aussi l'ordonnance, et je n'en sais pas de
plus logique. Il n'est pas en agriculture une opération
qui ne soit assujétie à l'action de quelques lois naturelles.
Le meilleur agriculteur est, sans contredit, celui à qui
une observation intelligente, bien plus qu'un heureux
instinct, a fait entrevoir ces lois, qui sait leur donner
satisfaction dans la mesure juste et nécessaire, et en qui,
s'il est permis de le dire, la nature trouve, à point
nommé, un collaborateur sagace et prêt à tout.

Cela est vrai de l'agriculture en général, mais combien

plus de la viticulture! Généreuse entre toutes les plantes, même plus que toutes, la vigne, quoique éminemment rustique, réclame des soins et des travaux incessants. C'est au point que dans le Médoc, le vigneron est obligé tous les ans, depuis la taille jusqu'aux vendanges, de *façonner* trente-deux fois dans chaque sillon. Ne faut-il pas, durant l'hiver, quand la nature se recueille dans le mystère d'une vie latente, débarrasser les ceps des insectes et des végétaux cryptogamiques, supprimer les racines mal placées ou d'un concours inutile, régler le cours de la sève, donner à la plante les appuis qu'elle réclame et mettre en terre, à sa portée, la nourriture qui lui convient? Plus tard, à partir du grand réveil, il lui faut bien d'autres soins! On facilite par des labours les mouvements de sa végétation annuelle, on relève ses jeunes rameaux, on fait disparaître ceux de ses bourgeons qui ne présentent pas de fruit ou qui sont inutiles à la taille, on supprime les portions surabondantes de ses sarments fructifères, et l'on assure à ses fruits, par l'effeuillage, l'action directe de l'air, de la lumiere et de la chaleur.

Chacune de ces opérations est, de la part de M. Petit-Lafitte, le sujet d'un chapitre spécial, d'une étude approfondie et complète. Rien n'y manque de ce qu'il faut pour donner au viticulteur, avec leurs raisons et leurs motifs, le moyen de les pratiquer dans les meilleures conditions. Je crois même que les gens du monde, si étrangers qu'ils soient à cet ordre d'idées, ravis de comprendre à demi-mot, y prendraient goût et y voudraient revenir, ce qui serait un bien à tous les points de vue.

Les questions capitales de la viticulture ont reçu, ai-je besoin de le dire? un développement digne de leur importance. Celle des engrais, si actuelle, remplit quarante-sept pages. Des faits exposés dans le but de la résoudre, l'auteur conclut très judicieusement que si la

fumure de la vigne peut être, dans bien des cas, un
heureux auxiliaire, elle ne laisse pas que d'offrir quelque
danger. L'infériorité constatée du vin des *jouales* dans la
Gironde, tient à leur fertilité aussi bien qu'à l'abondance
du fumier qu'on leur prodigue et à la trop grande rigueur
qu'acquièrent des vignes ainsi excitées. Bien choisir l'engrais, l'appliquer en temps utile et dans la mesure strictement indispensable, voilà, sur ce point, la vraie sa-
gesse. La question de la taille, fort débattue aussi et qui
sert, comme celle des engrais, de drapeau à deux écoles,
l'une cherchant la quantité, l'autre la qualité, occupe
environ cinquante pages. Éclairée au sein de nos champs
par des essais nés d'inspirations contraires, elle l'est ici
par des figures convenablement exécutées. L'opinion de
l'auteur sur ce sujet, dégagée des faits nombreux qu'il
mentionne, peut tenir dans cette formule : Pour que le
raisin soit capable d'élaborer parfaitement ses sucs et de
faire de bon vin en quantité modérée, il faut que la
souche de la vigne se bifurque à quarante centimètres
environ du sol et qu'elle ait deux bras, trois au plus,
naissant d'elle directement et mesurant au juste sa longueur. On comprend que cette formule, excellente pour
la Gironde et les pays de production distinguée, appor-
terait peut-être la gêne là où la quantité fait seule la
richesse.

Une question d'un intérêt non moins actuel, c'est celle
des cépages. L'auteur lui a fait aussi une belle place. Le
Bordelais compte pas mal d'espèces, vingt-sept de rouges,
vingt-deux de blancs, en tout quarante-neuf, d'après
J. B. de Secondat (1). En donner la description, la syno-
nymie, l'histoire, en marquer la valeur œnologique, ce
n'était pas un mince travail. Ce travail qui, sous une plume

(1) *Histoire du chêne.* — Bordeaux (1785).

moins habile, eût pu devenir interminable, l'auteur l'a
accompli avec une louable discrétion. Il s'est borné aux
espèces vraiment caractéristiques, aux espèces types, à
celles qui constituent le fond propre du vignoble, en y
joignant toutefois celles qu'on leur associe le plus ordinairement pour ajouter à leurs qualités, les modifier, en
un mot, les assortir. En parcourant cette liste, une idée
m'est venue, que je consigne ici. Le fond du vignoble
bordelais ne repose que sur six espèces qui sont, en
grains noirs, le *Cabernet*, le *Malbeck* et le *Verdot*, en
grains blancs, le *Sauvignon*, le *Semillion*, l'*Enrageat*.
De ces six espèces typiques, quatre au moins appartinrent
aussi de tout temps à l'Agenais, ce sont les trois à grains
blancs et le Malbeck (*Plant rouge* de Clairac). Il n'en
reste donc à la Gironde que deux pour donner le ton à
ses vins, pour les frapper de sa précieuse empreinte.
Essayer leur importation, est-ce déraisonnable ? Un de
nos compatriotes, M. Gustave de Lafitte-Lajoannenque,
l'a osé faire, et Dieu sait si on l'a blâmé ! On eût eu certes
raison, si ce vaillant praticien eût escompté l'avenir en
sacrifiant d'un coup à des espèces nouvelles les vieux
cépages de notre pays. Il s'en est bien gardé. Un essai
préalable tenté dans des proportions modestes, mais
suffisantes pour qu'un jugement sérieux puisse s'établir,
dira bientôt s'il a réussi ou non. Sans espérer un complet
succès (nous ne ferons jamais de *vin de Bordeaux* et
M. de Lafitte y compte moins que personne) (1), j'estime
que celui de nos coteaux recevra de cet essai quelque
amélioration, et, de si loin que ce soit, laissera peut-être
entrevoir son origine aux dégustateurs non prévenus. Le
sirrha, plant de l'Hermitage, introduit en Médoc par

(1) Voir : *De l'influence du sol et des cépages sur la qualité du vin*, par
M. G. de Lafitte-Lajoannenque. Agen, Bonnet, 1866; et : *Devons-nous produire des vins fins ou des vins communs*, de même, *ibidem*.

M. Destournel, a heureusement *corsé* la tenue des vins de Graves; M. Petit-Lafitte l'affirme. Nous tenons aussi de lui que M. le baron de Marignan a importé avec succès dans le Gers les plants de ses vignobles de Saint-Émilion. Quand les cépages de la Gironde s'acclimatent aux pieds des Pyrénées et ceux de la Drôme granitique dans les alluvions du Médoc, ceux du Bordelais pourraient-ils dégénérer sous notre ciel presque Girondin? Poser la question, c'est presque la résoudre.

III

Arrivé à ce point de l'ouvrage de M. Petit-Lafitte et de ma Notice, je dois au lecteur une explication, sous la forme assez commode d'ailleurs d'une précaution oratoire. Nombre d'ouvrages traitent des maladies de la vigne, des accidents météoriques auxquels elle est exposée, des dommages que lui causent les insectes, les mollusques, les reptiles, les oiseaux, les quadrupèdes. Toutes ces choses sont très connues, et j'espère qu'on m'excusera si je me borne à les signaler.

Mais ce qu'on ignore, en général, ce que, du moins, on néglige davantage, c'est la connaissance du sol, de son état physique et chimique, de l'altitude, de la situation, de l'exposition, toutes choses qui agissent puissamment sur les produits de la vigne. Autour de ce sujet à peine effleuré, M. Petit-Lafitte a réuni un tel luxe de notions exactes, de faits curieux et de vues ingénieuses, qu'en les résumant, ne fût-ce qu'à vol de plume, je fais strictement mon devoir; mais croyez que c'est aussi mon plaisir.

Olivier de Serres a dit de la terre à vignes qu'elle « doibt estre meslée plustost de menues pierres et gravois que de n'en avoir aucun. » Cette proposition est vraie comme un axiôme. Que l'on visite les crûs célèbres de France ou de l'étranger, on verra que les meilleurs vins sont le produit des sols siliceux ou calcaires, de ceux où abondent les cailloux ou les roches effritées. Cette influence, au reste, ne se borne pas à la création de vins d'ordre supérieur, elle combat aussi les tendances mauvaises et parfois les neutralise. Il y a des vins blancs dont la limpidité peu à peu s'altère, dont la saveur s'affadit et qui filent comme de l'huile, quand on les transvase. Cette maladie, assez commune dans le bassin de la Loire, et qui, à ma connaissance, s'est montrée dans d'excellent vin de Buzet, est due à l'action d'un mycoderme d'une ténuité infinie et qui se présente, au microscope, sous la forme de globules sphériques groupés en chapelets. On a trouvé le moyen de la guérir, du moins de l'atténuer, mais ce qui est mieux, et c'est le comte Odart qu'il en faut remercier, on la prévient. Il suffit, pour réussir, de recouvrir de menues pierrailles les parties du vignoble plantées en cépages blancs. Rien n'est plus pratique, on le voit, ni plus facile.

La coloration du sol n'a pas moins d'importance que la présence de matériaux fragmentés à sa surface. Les terres blanches sont lentes à s'échauffer, promptes à se refroidir; voilà pourquoi on les dit *froides*. Au contraire, les brunes sont *chaudes*. Sur les coteaux où le calcaire gît à fleur de sol, on peut, à la couleur du terrain, deviner celle du raisin qu'il porte. Si l'on cultive de préférence sur les terrains blanchâtres les cépages à fruits blancs, sur les bruns ceux à fruits noirs, c'est qu'il faut, pour mûrir, à ces derniers une plus forte somme de calorique qu'aux autres. De là l'usage en Bordelais de confier l'*enrageat* ou *pique-poul* aux boulbènes claires qui couvrent les hauts plateaux.

La capacité calorifique des matériaux solides du sol est analogue à celle de ses parties meubles. Ils l'échauffent d'autant plus que leur coloration est plus sombre, mais c'est à la condition très expresse qu'ils soient criblés à la surface des perforations, de cannelures, de stries, qu'ils soient anguleux et mal unis. Ceux qui ont roulé et dont en général les faces se sont polies, agissent en sens contraire, en vertu d'un principe de physique très connu, pour peu qu'ils soient clairs de ton. Ils transmettent à la plante, sans presque en rien garder, et à mesure qu'elle leur arrive, la chaleur virtuelle des rayons. Le raisin est alors enveloppé d'une atmosphère très chaude et très lumineuse, et, s'il est permis de le dire, suspendu entre deux soleils.

Les cailloux rendent à la vigne un autre office. Interposés entre l'air et le sol, comme serait un écran, ils retardent l'évaporation dans la saison où les pluies sont rares. Qu'on en soulève un, gros ou petit, on trouvera son lit tout humide. Cela explique comment la Crau, cette grande plaine caillouteuse, peut nourrir d'innombrables troupeaux ; pas un silex à l'ombre duquel l'eau retenue ne fasse naître et croître une touffe plus ou moins drue de gramen. Cela explique encore pourquoi, à Fontainebleau, on plante des vignes dans des cours pavées ; pourquoi aussi, quand on ne peut remplir cette condition, on amoncelle à leurs pieds des cailloux. L'eau météorique, gênée dans son expansion, garde l'état liquide, et, au lieu d'errer en vapeurs à l'aventure, passe dans la vigne par aspiration des spongioles.

On voit que M. Petit-Lafitte, quand il cherche des preuves à l'appui de ses démonstrations, ne se fait pas scrupule de les prendre un peu partout ; mais il n'oublie pas sa Gironde, il semble, au contraire, que ces écarts l'y ramènent. Veut-il pénétrer le lecteur de cette idée

que l'état chimique du sol influe puissamment sur les
produits de la vigne, il lui présente, rapprochés en un
tableau, les dosages minéraux des terrains-types du vignoble bordelais, puis, naturellement, il explique ce
tableau comme un professeur à ses élèves. Suivons-le
dans sa leçon.

Nulle région viticole peut-être ne saurait être comparée
à la Gironde pour la variété des terrains. On la divise,
sous ce rapport, en quatre grandes sections qui sont :
les *côtes*, les *graves*, les *palus* et les *plateaux*. Ceux-ci
forment, comme l'indique leur nom, les parties élevées
du pays. L'argile et la silice s'y mêlent à dose à peu près
égale, ne laissant guère de place à la chaux, l'excluant
même où dominent les boulbènes. Les *côtes* se déploient
sur la rive droite de la Dordogne, vers Libourne et Saint-
Émilion. Elles sont formées de chaux et d'argile dans la
proportion des quatre cinquièmes; la silice, un peu de
fer, font l'appoint. On a donné le nom de *graves* à l'ex-
trême prolongement du diluvium caillouteux pyrénéen.
C'est le Médoc, l'Entre-deux-Mers, langue étroite de
terre entre la Gironde et l'Océan, c'est aussi en partie
la haute plaine qui commande la Garonne, sur la rive
gauche, dans la direction de Langon à Bordeaux. Le
sable siliceux et le quartz roulé en menus cailloux y
constituent la masse entière du sol. Quant aux *palus*, ce
sont les alluvions des bords du fleuve, caractérisés par la
prédominance de l'élément argileux, de l'humus et du fer.

On ne peut naturellement s'attendre à constater des
qualités identiques dans des vins produits sous l'influence
de conditions géologiques aussi diverses. Le fer, la
chaux, l'argile, etc., exercent en propre une action d'autant plus profonde, que leur proportion dans le sol est
plus forte. Si la couleur est d'un rouge plus sombre dans
les vins de palus que dans les autres, c'est que l'argile

et l'humus, le fer surtout, y abondent. M. Petit-Lafitte consigne à cette occasion quelques particularités curieuses, par exemple l'intensité du ton rouge de la robe des races bovines du Limousin et du Périgord, où le fer imprègne fortement les terrains, et la douce teinte froment de celles que nourrissent les alluvions de la Garonne. Les hommes eux-mêmes subissent, dans les conditions ordinaires de la vie, cette influence du fer, et l'on peut opposer aux cheveux châtains-clairs du Bas-Agenais les bruns et les noirs du Lot et du Périgord. Il est certain, pour en revenir aux vins, qu'ils se font remarquer par la richesse et la ténacité de leur couleur sur les points où l'argile doit sa teinte jaune ou rouge au fer plus ou moins hydroxydé. Cela est vrai pour les produits des vignobles du Quercy, vrai au même degré pour ceux de la Gironde. Leur coloration, très forte dans les *palus* dont le sol contient 10 p. 100 de fer, va diminuant sur les *côtes* qui n'en ont plus que 7 1/2, et plus encore dans les *graves*, où la proportion de ce métal descend à 5 environ. On a souvent reproché aux vins de ce dernier fond leur défaut de couleur, et M. le comte Odart cite un *Léoville* converti en eau vineuse par l'effet d'un simple voyage aux Indes.

L'alcool donne aux vins leur force, leur chaleur communicative, cet ensemble de qualités charmantes qu'on a si ingénieusement et si complètement rendu par le mot de générosité; mais cet alcool, d'où vient-il? En jetant les yeux sur le tableau que je signalais tout à l'heure, on est bientôt en voie d'une solution. — La chaux, — nous sommes obligés d'y revenir, — la chaux abondante sur les *côtes*, l'est moins dans les *palus*, moins encore dans les *graves*, et se réduit à rien sur les *plateaux*. Or, l'alcool suivant le même ordre décroissant, les vins des *côtes* sont plus spiritueux que ceux des *palus* et ceux-ci plus que ceux des *graves*. Ceux des *plateaux*, fades et plats, n'ont pas de nerf et meurent vite (1).

Notons, en passant, un fait assez remarquable. Deux crûs célèbres des *graves*, le *Haut-Brion* et la *Mission* donnent des vins dont la force alcoolique atteint et dépasse 10 p. 100. On s'explique cette anomalie par l'existence dans ces deux localités d'un sous-sol calcaire où pénètrent les radicules extrêmes de la vigne. Au reste, à mesure qu'on s'avance vers le Nord et qu'on se rapproche du sable des Landes, le sous-sol calcaire devenant plus bas ou plus rare, le degré s'abaisse jusqu'à 7 1/2. Ainsi des vins blancs, dont le degré, dans la Gironde comme ailleurs, est supérieur à celui des vins rouges : à Barsac, où le sous-sol est calcaire, 14 p. 100 d'alcool; à Preignac, où le sable siliceux en fait partie intégrante, 11 1/2 seulement (2).

Si la chaux est la cause efficiente de la chaleur et de la force des vins, l'argile paraît être celle de leur douceur et de leur finesse. Le crû du château Yquem, qui est le premier des vins blancs, appartient à la même commune que le crû du Sauterne, qui est le second. Or, celui-ci a de plus que celui-là environ trois degrés alcooliques. En revanche et par exception, de puissantes assises d'argile servent de base à la couche graveleuse qui porte les vignes d'Yquem. Les vins de Carbonnieux et de Sainte-Croix-du-Mont (rive droite de la Garonne), sont dans les mêmes conditions géologiques et possèdent, bien qu'à un degré moindre, des qualités analogues ; de même ceux de Monbazillac, sur les coteaux de la Dordogne, si liquoreux, si

---

(1) Moyenne alcoolique des vins rouges de la Gironde : *côtes*, 10° 50; *palus*, 10° 00; 9° 00 *plateaux*, 8° 00.

(2) Cette influence du calcaire va jusqu'à modifier les caractères essentiels des cépages considérés dans leurs produits. Le *malbeck*, qui donne ordinairement un vin peu alcoolique, acquiert dans un sol où domine la chaux carbonatée, une force remarqaable.

doux, si flatteurs! Dans tous ces produits d'un sol privi-
légié et d'une culture admirablement intelligente, M. Fauré
a découvert un principe immédiat non signalé avant lui.
C'est une substance filante, élastique, peut-être une mo-
dification du mucilage ou de la pectine. Particulière aux
vins d'ordre supérieur, elle est pour eux comme un signe
de noblesse. L'habile chimiste qui l'a isolée lui a donné
le nom d'*œnanthine*, un joli nom qui veut dire *Fleur de
vin*. Il croit que c'est d'elle et d'elle seule que les produits des grands crûs tiennent l'onctuosité, le moelleux
et la rondeur.

Quant au bouquet, il paraît dû à une huile volatile très
fugace, dont les éléments, contenus dans la pellicule du
raisin, n'arrivent à se combiner, selon MM. Fauré et Petit-
Lafitte, que dans certaines conditions d'exposition et de
terrain. « La preuve, disent-ils, c'est que les mêmes cé-
» pages ne produisent pas toujours et partout le bouquet
» des vins, et que celui-ci varie annuellement en pureté
» et en proportion. » Il ne faudrait pas attribuer à cette
opinion, qui est d'ailleurs assez juste, une valeur trop ab-
solue. Le muscat, où qu'on le plante, en supposant qu'il
y puisse bien mûrir, portera des fruits remarquables par
l'identité de leur parfum, et ce parfum passera d'eux au
vin. Moins pénétrant, peut-être, moins exquis ici qu'ailleurs, si le climat et le sol sont moins chauds, il gardera
le fond de son caractère et ne sera confondu avec nul autre. Ce raisonnement s'applique à tous les cépages, non
toutefois sans quelques réserves. L'intensité de son arôme
fait du muscat un raisin exceptionnel, et puis des lois très
compliquées président vraisemblablement à la formation
du bouquet dans les vins faits de divers plants. — En
somme, on peut dire que l'espèce, modifiée par une cause
quelconque, même en train de dégénérer, ne laisse pas
que de rester elle-même dans l'atténuation successive et

plus ou moins marquée de ses traits essentiels; tel est, du moins, mon sentiment.

Poursuivant cette revue des agents et des auxiliaires naturels de la viticulture, M. Petit-Lafitte cherche à déterminer la durée moyenne des vins de la Gironde, et il trouve que ceux-là durent le plus, qui mettent le plus de temps à se faire. Ainsi, les vins de *palus* qui, pour acquérir la plénitude de leurs qualités, demandent quinze ou vingt ans, ont une durée presque infinie. Ceux des *côtes*, à qui la moitié de ce temps est suffisante, veulent être bus dans une période d'environ vingt-cinq à trente années. Ceux des *graves*, qui vivent quinze ans au plus, ne sont guère livrés qu'après sept années de fût. Quant aux vins des *plateaux*, ils se consomment d'ordinaire entre la seconde et la troisième vendange. On ne gagnerait rien, on perdrait tout à attendre.

Ainsi, la durée d'un vin, c'est-à-dire sa somme de vie, et l'espace de temps qui est nécessaire à l'élaboration de tous ses matériaux, ce sont comme les deux termes d'une équation. Qui connaît l'un saura trouver l'autre. Mais à quoi tient ce parallélisme constant pour chaque crû et se continuant, par rapport à l'ensemble, dans une série complète de dégradations? L'auteur, d'après M. Fauré, le rapporte au tannin. On connaît ce principe immédiat par les services qu'il rend à l'industrie des cuirs, la tannerie, qu'on a nommée de son nom. Celui qui réside dans la pellicule du raisin, dans son pepin, dans sa grappe (1), en même temps que par son astringence, il donne au vin du ton et de la tenue, forme avec le tartre, le mucilage et la matière colorante, des combinaisons qui ne tardent pas

(1) Il faut aussi tenir compte de l'action qu'exerce le vin sur le tannin du chêne ou du châtaigner, dont on fabrique les vaisseaux vinaires. (Voir le suivant Mémoire de M. Fauré, intitulé : *Examen analytique des bois de chêne employés dans la tonnellerie.* — Bordeaux, 1847; in-8°.)

à se déposer, laissant au vin strictement ce qui lui faut pour s'améliorer en vieillissant. Il est certain que les vins de *palus*, dont la durée ne se mesure pas, comme nous le disions tout à l'heure, sont ceux qui donnent à l'analyse la plus forte dose de tannin, soit environ 13 p. 100. Il y en a 11 seulement dans ceux des *côtes*. La proportion toujours décroissante, est de 10 pour ceux des *graves*, de 9 pour ceux des *plateaux*.

J'aimerais à suivre l'auteur dans ses intéressantes recherches sur la provenance du tannin et sur son action conservatrice, mais tant d'autres sujets me pressent, que je suis forcé de tourner court. Un mot pourtant sur celui-ci. La bruyère, litière normale des palus, est très riche en tannin. Lentement décomposée, carbonisée, comme disent les chimistes, sous l'influence de l'air humide, elle y forme, à l'état de tourbe, une bonne partie du sous-sol. C'est là que les radicelles vont le prendre, au temps d'activité de la vigne, pour le pousser, avec la sève ascendante, dans l'organe floral prêt à le recevoir. Aussi, les vins de cette classe, loin de s'altérer par le transport, gagnent-ils aux voyages d'outre-mer. Ils acquièrent un équilibre stable par le fait d'un bancement lent et régulier qui favorise le jeu des combinaisons tanniques.

Il y a donc un rapport direct entre la qualité du vin et la composition du sol dont il est le produit médiat. A ce point de vue, un dernier témoignage est à entendre. Les vins de certains crûs, assez peu rares d'ailleurs, ont une saveur particulière, plus désagréable que flatteuse, non répugnante pourtant, qu'on appelle le goût de terroir. Sans prétendre donner de ce fait une explication définitive, on s'accorde généralement à reconnaître qu'il se produit sur les terrains où domine l'argile fortement colorée par le fer. On ne le signale, dans la Gironde, que parmi les vins des côtes, et, dans le Lot, le Lot-et-Garonne et la Dordogne, que dans les gros vins à trois couleurs issus des argiles ocracées. L'abbé Rozier en cite un, de la Moselle, dont le goût d'ardoise est remarquable et qui se récolte, paraît-il, dans une localité où l'on exploite ce schiste argileux.

Ayant ainsi étudié le sol au point de vue de l'état mécanique et de la nature intime de ses éléments, l'auteur s'occupe de l'influence qu'exercent la situation topographique, l'orientation, le voisinage des cours d'eau, des forêts et des montagnes.

La vigne aime le grand air, le libre accès des vents, une chaleur abondante et lumineuse. Voilà pourquoi on la plante d'ordinaire sur les coteaux moyennement élevés, qui servent de transition naturelle entre les hauts sommets, où le raisin reste acide, et les plaines basses, où il pourrit parfois avant de mûrir, où sa saveur est fade et aqueuse. Une série d'exemples très probants, tirés des plus célèbres vignobles de la France et de l'Italie, donne de l'intérêt à cet exposé et une suffisante autorité à la doctrine qui en est l'objet.

On est moins d'accord sur la question de l'orientation. C'est qu'il n'y a ici rien d'absolu. Le Midi convient en certains pays, le Nord ou le Levant dans d'autres. Les vignobles, si justement renommés, d'Épernay et de Mailly en Champagne, quelques-uns du Saumurois et des bords du Rhin, regardent directement le Nord. Dans la Gironde, cette exposition fait les meilleurs vins blancs : les Barsac, les Preignac, les Sauterne. Les Médoc, les Haut-Brion correspondent à celle du Nord-Est, les Fronsac à celle du Sud, enfin à celle du Sud-Ouest, les Saint-Émilion et les Blayais. Au reste, ainsi que le remarque judicieusement M. Petit-Lafitte, notre région étant par excellence celle de la vigne, « l'exposition qui peut décider ailleurs du succès de cette plante, n'est pour nous qu'une condition de convenance à laquelle nous ne devons nous soumettre qu'en vue de la qualité du produit. »

Le voisinage des forêts passe assez généralement pour être aux vignes, comme celui des montagnes, une occasion de dégâts par la gelée. C'était aussi l'opinion des anciens. Il est vrai que, par exception, ils attribuaient aux forêts à essences résineuses une influence des plus favorables. « Ils avaient, dit Plutarque, consacré le pin à Bacchus, parce que dans les lieux où croît cet arbre, la vigne produit un vin doux. » Rien n'est moins prouvé que cette influence, rien aussi n'est moins probable. En vain on fera remarquer que les vins rouges, si délicats, du Médoc, naissent à l'ombre des Pinadas, et que les blancs, si doux, de Preignac, de Bomme et de Sauterne y confinent; ce sont là deux ordres de faits entre lesquels il n'y a pas de relation nécessaire. Pur effet de hasard! Admettons plutôt, avec notre guide, que la douceur, cette aimable qualité dont sont aussi doués les vins de *graves*, peut être due au sable silicieux qui foisonne dans la région. Il est, en effet, d'expérience que les vins sont plus doux là où la silice donne sa marque au terrain. Une chose, au surplus, n'est pas douteuse en ce qui regarde la viticulture girondine, c'est que les forêts opposent une barrière utile à la violence des brises salées de l'Océan et régularisent pour les vignobles, qu'ils protègent ainsi doublement, la distribution des météores aqueux.

IV

J'aurai bien mal réussi dans ce travail, dont l'excessive longueur n'a d'excuse que l'intérêt capital du sujet, si je ne fais pas des lecteurs à l'ouvrage de M. Petit-Lafitte, et, qui plus est, des lecteurs reconnaissants. Il me paraît impossible de réunir en un seul volume plus de notions utiles et de les mieux ordonner. Tout est à lire dans ce bel *in-octavo* (1), où la science, loin d'afficher de grands airs, se présente sous une forme aimable, où l'anecdote, le détail curieux, la poésie, à l'occasion, rendent l'argumentation plus saisissante et reposent des démonstrations techniques comme un entremets de plats trop substantiels. L'auteur, du reste, écrit comme il parle quand il parle de la vigne, avec une ardeur onctueuse, une sorte d'enthousiasme attendri, on dirait presque de l'ivresse, mais discrète, réglée et maîtresse d'elle-même. Qui le lit l'entend, et qui l'a entendu, ne fût-ce qu'une fois, se souvient. Cela m'est arrivé, il y aura tantôt quinze ans, dans une des salles de la Préfecture. C'était en conférence publique. J'appris là des choses très simples, que j'ignorais, et d'autres, plus compliquées, que je savais moins encore. Quand ce fut fini, on se disait que la soirée avait été courte. Elle avait duré trois heures. — Si le public à qui je fais appel, juge comme moi, il aura du livre la même impression.

Agen, 15 août 1868.

(1) M. Rothschild, éditeur de cet ouvrage, a le goût et l'habitude des publications bien faites; voilà pourquoi je me permets de lui signaler, comme assez riche en *coquilles*, LA VIGNE DANS LE BORDELAIS. Ceci soit dit sans malice ni sous-entendu.

10620. — Bordeaux. — Imprimerie centrale de V⋅ Lanefranque et fils.

www.ingramcontent.com/pod-product-compliance
Ingram Content Group UK Ltd.
Pitfield, Milton Keynes, MK11 3LW, UK
UKHW020000130726
13694UKWH00005B/1989